KB055984

흰 것

박영기

경상남도 하동에서 태어났다.
2007년 『시와 사상』을 통해 시인으로 등단했다.
시집 『딴전을 피우는 일곱 마리 민달팽이에게』 『흰 것』을 썼다.

파란시선 0134 흰 것

1판 1쇄 펴낸날 2023년 11월 10일
지은이 박영기
디자인 최선영
인쇄인 (주)두경 정지오
펴낸이 채상우
펴낸곳 (주)함께하는출판그룹파란
등록번호 제2015-000068호
등록일자 2015년 9월 15일
주소 (10387) 경기도 고양시 일산서구 중앙로 1455 대우시티프라자 B1 202-1호
전화 031-919-4288
팩스 031-919-4287
모바일팩스 0504-441-3439
이메일 bookparan2015@hanmail.net

ⓒ박영기, 2023, printed in Seoul, Korea

ISBN 979-11-91897-66-1 03810

값 12,000원

흰 것

박영기 시집

시인의 말

너로부터 훔치고 빌려 온 단어들.
아닌 것처럼 의뭉 떠는 의미들.

흰 것에 대하여 쓸수록 생기는 질문

"내 모든 의심의, 두려움의, 희망의,
그리고 번민의 끝까지 이르렀던가?"
─에드몽 자베스

차례

해설

제1부

삐딱하다

생두부에 꽂힌 젓가락이 삐딱하다
자꾸 삐딱하다
몸 둘 바 모르며 삐딱하다
삐딱한 젓가락을 똑바로 꽂는다
삐딱하다 다시, 다시,
생두부는
모든 것을 삐딱하게 받아들인다
젓가락이 생두부를 간신히 들어 올린다
생두부와 젓가락이 삐딱하다
귓속의 작은 지구가 삐딱하다
머리 위에서는 하늘이
발아래에서는 땅이
생두부를 사이에 두고
놀이공원 회전컵이 삐딱하게 돈다
나무가 건물이 시계탑
시계가 모든 시간이 삐딱하다
하루가 삐딱하다
밤이 삐딱하게 깊어 간다
가로등이 삐딱하게 서서 삐딱하게 내려다본다
생두부와 지팡이가 삐딱하게 서서

삐딱하게 내려다보는 가로등을 삐딱하게 올려다본다
생두부 입술이 삐딱하다 자꾸
삐딱하다 짝다리 짚고 선 대문같이
자세가 삐딱해서
하는 생각이 먹는 마음이 뱉는 말이
삐딱하다
삐딱한 오늘보다 더 삐딱한 내일이
삐딱하게 다가온다

●귓속의 작은 지구: 성윤석의 「이명」 변주.

서식지

기도는 생각만으로도 은총이 비처럼 쏟아진다
샤워기에서 뼈가 훤히 보이는 물뱀들
나에게 다섯 번째 면사포를 씌운다
흘러내린다 목덜미를 타고 등으로
뜸이 들었나 덜 들었나 벽에 던진 파스타 가락처럼
벽을 놓치고 수직으로 떨어져 바닥을 긴다
흰 뱀과 검은 뱀이 엉킨 머리카락처럼 틀어막는 하수구
차오른 물에 물뱀 국수 말아 후룩 들이켜고
깊은 잠에 빠진 그믐밤
꿈의 배 속에 자라는 뱀들 꿈 밖으로 보내 주세요
꿈의 출입구에서 흰떡 뽑아 어슷썰게 해 주세요
떡국 먹는 새해 아침
황금 쌍두 조부 뱀은
쌍두 허물 벗어 콘솔 위 개켜 두고 꿈 밖으로 나가신 뒤
다시 안 돌아오시고
나는 쌍두뱀 허물 이불을 덮고
밤이면 밤마다 내 꿈속을 뱀의 서식지로 만든다
황금 이불을 들추면 비벼 놓은 자장면같이
검은 눈 검게 굴리며 내 기도를 저주로 받아 주는 뱀들
눈썹 하얘질 그믐밤은 이제부터 시작된다

두통의 원인

딱따구리 혀에 대한 최초의 정확한 묘사는 1575년 네덜란드 해부학자 폴 허르 코이터르에 의해 이루어졌다.(월터 아이작슨,『레오나르도 다빈치』)

딱따구리의 혀는 부리 길이의 세 배 이상 늘어날 수 있다. 혀는 사용하지 않을 땐 두개골 안쪽으로 들어가는데, 연골 같은 구조의 혀는 턱을 지나 딱따구리의 머리를 휘감은 뒤 콧구멍으로 휘어져 내려온다. 긴 혀는 나무 안쪽의 유충을 파먹을 때 쓰인다. 더불어 뇌를 보호해 준다. 부리로 나무껍질을 반복적으로 쫄 때, 혀는 쿠션 역할을 하면서 뇌를 충격으로부터 보호한다.

딱따구리에 대한 궁금증이 한층 깊어진다. 딱따구리의 혀를 묘사하라: 먼저 딱따구리를 잡아야 한다. 먼저 딱따구리보다 빨리 날아야 한다. 차라리 딱따구리 먹이로 태어난다. 그보다 먼저 죽어야 태어날 수 있다.

딱따구리를 유인한다. 두통이 시작된다. 골이 띵하다. 1초에 스무 번 쫀다. 부리를 피해 골 깊숙이 들어간다. 묘사할 짬 없이 뇌를 공격당한다. 더 이상 물러서지 않는다.

뇌 주름으로 딱따구리 혀를 꽉 움켜쥔다. 혀끝에 뼈가 있다. 뭔가 더 있을 것 같다. 딱따구리 입속으로 들어간다.

미끄러지는 오리

오리가 허둥거리며 빙판을 걷는다
허둥대는 악몽은
읽을 수 없다
호숫가를 돌며 손뼉을 치는 사람들
접었다 펴는 오리 날개는
읽을 수 없다
물 위를 날 듯 걷는 오리는
읽을 수 없다
자맥질하는 오리는
읽을 수 없다
물고기 쪼는 오리는
읽을 수 없다
오리 목구멍으로 미끄러지는 물고기는
읽을 수 없다
오리가 들어간 수면 숨을 참는다
스물 스물다섯 서른 호흡이 꽤 길다
수면 아래 무슨 일이 벌어지고 있는지
앞 문장에서
알 수 없다
오리를 삼켰다 음, 파,

숨을 뱉는 수면

하루에도 수십 번 오리를 토하는 호수

수면이 게운 오리는

읽을 수 없다

어제 읽지 못한 오리는 오늘도 못 읽은 오리

오리 밖으로 미끄러지는 오리

오리는 오리를 더 미끄러져야

읽을 수 있다

여태 읽은 오리는 모두 오리무중

빙판에서 계속 미끄러지는 오리 꿈을 꾼다

실화상봉수(實花相逢樹)

흰 꽃을 겨드랑이마다 숨기고 있다

혼처럼 떠난 꽃 진 자리가 부풀어 오른다

가장 편안한 자세로 앞 강물 언다

얼음 위에 떨어진 꽃잎을 모아 놓고 바람이 휘리리릭 넘겨 읽을 때

얼음을 박차고 날아오르는 흰 물새들 흰 날갯짓

때를 알아 열매는 청동방울 흔든다

소리 없는 방울 소리가 고요 너머 너머에까지 울려 퍼진다

차나무의 계절은 푸릇푸릇 걸음이 더디다

흰 꽃을 잎겨드랑이마다 숨기고 있다

떠난 혼처럼 꽃 진 자리마다 부풀어 오르는 열매

처음 만난 하얀 제 얼굴 앞에서 딸꾹질을 한다

두 개의 휠

이 길은 자주 다녀 바랬어, 다른 길로 가자
낡은 시멘트 담벼락에 낡은 집 즐비한
골목을 지나 바다로 난 길로 달려가자
치마 속에서 은빛 칼을 꺼냈다가 넣었다가 다시 꺼내는
살벌하게 낡아 가는 바닷가에서
자전거가 낡고 신발이 낡고 낡은 생각들이 부스러져
쌓인 모래에 푹푹 빠진 발을 털고 돌아보면
보이지, 모래에 뚫린 구멍들이, 구멍 아래 출렁이는 빛이
외출에서 돌아온 내 손을 살피는 고양이 물고기는 안 먹
지만
그래도 빈손으로 들어가면 볼 낯이 없지
귓불을 잘라 낚싯바늘에 꿰어 구멍에 던져 놓고
기, 다, 려, 봐, 봐,
구멍에서 솟구치는 빛기둥을 채 올리는 기쁨
예리한 등지느러미를 접어 잔인한 의도는 감춰 뒀다가
필요할 때 촤악 꺼내 위협하는 갈치는
칼치
겨우 두 마리가 아니야, 두 마리가 어디야
두 마리라서 얼마나 다행인지 보여 줄게
칼치 꼬리를 칼치 입에 물리면 두 개의 동그라미

낡은 자전거 휠을 교체하고 페달을 밟아 봐
좌르르륵 빛을 뿌리는 바퀴
힘차게 페달을 밟으며 달려
오늘이 빛나지
치마 속에서 은빛 칼을 꺼냈다가 넣었다가 다시 꺼내는
살벌하게 낡아 가는 바닷가에서

개미 행렬

백석 시에 나오는 낱말 '납일'의 길잡이 페로몬을 따라간
다.

납일(臘日): 납향(臘享)하는 날. 동지 뒤의 셋째 미일(未日).

납향: 납일에 한 해 지은 농사 형편과 그 밖의 일을 여러
신에게 고하는 제사. 납평제(臘平祭).

미일: 일진(日辰)의 지지(地支)가 미(未)로 된 날. 양날.

양날: 미일.
양날: 양쪽에 날이 선 날.

예감, 옆길로 빠질 것 같은 불길한
단어 뒤에 코를 바짝 붙이고 따라가는 단어와 단어와 단
어의
일진: 날의 육십갑자. 그날의 운세.

지지: 육십갑자 아래 단위를 이루는 페로몬. 자(子)·축
(丑)·인(寅)·묘(卯)·진(辰)·사(巳)·오(午)·미(未)·신(申)·

유(酉)·술(戌)·해(亥). 십이지(十二支)

육십갑자 위 단위를 이루는 페로몬. 갑(甲)·을(乙)·병(丙)·정(丁)·무(戊)·기(己)·경(庚)·신(辛)·임(壬)·계(癸). 십간(十干)·천간(天干)

납일은 양털처럼 깨끗하고 거룩한 날. 이날 내리는 눈은 납일 눈. 납일 눈 녹인 물은 특효 강한 페로몬. 납일의 페로몬을 따라가는 낱마리 낱마리의 낱말들, 맨 끝에 붙어 가는 '나'

코끼리 똥 종이

코끼리 똥으로 만든 종이에 생물 도감을 그리는 동안
건조하고 뜨거운 사막에서 풀을 찾는 코끼리
젖은 흙과 풀은 어디에서도 찾을 수가 없어
말라 가는 몸
주름투성이로 변해 버린 피부에 벌레들이
알을 슬고
장롱 속 진주처럼 알이 빛나고
순식간에 방석집이 되어 버린 코끼리는
벌레들에게 강간당하는 기분이 들어
오죽하면 코끼리는 죽어 가면서도 죽고 싶을까
그새 주름 사이에서 알들이 깨어나고
희고 통통한 놈들이 꿈틀거리는 게
꼭 무쇠솥에 끓어오르는 흰밥 같아
흰쌀밥을 앞에 두고도 먹지 못해 살이 떨려 코끼리는
숨이 끊어진 뒤에도 몸을 떨어
코끼리가 죽자 똥 종이도 품절
PC로 생물 도감에 새로운 종을 추가 중인데
이놈의 이름은 우주코끼리
코의 길이가 지구를 두르고 둘러도 모자람이 없고
사타구니에 불알만 한 지구를

코끝으로 쳐 대기권 밖으로

날려 버리는

최초 초대형 우주코끼리

잎이 지는 속도

한 번의 색 한 번의 춤 한 번의 노래

한 번의 무대

한 번이라니 기회가 단 한 번뿐이라니

붙잡을 수 없다니 내리며 녹는 눈송이라니 찰나라니

아연이라니 피어나는 것이라니 각자 빛을 물고 빛을 뿌리며 나무가 느끼지 못하는 속도로 잎이 느낄 수 없는 속도로 남쪽에서 시작한 불이 북쪽으로 옮겨붙다니 한순간이라니

이렇게 간단명료하다니

우주가 만발한 꽃 한 송이라니 훨훨 단신이라니 지구가 목 떨어진 꽃이라니 끄덕일 목이 없다니 한 번의 부양 한 번의 착지

이런 지독한 코미디라니

단 한 번뿐인

개운함이라니, 이런

분에 넘치는 나의 기린

꽃기린 줄기 닮은 엉겅퀴 줄기, 엉겅퀴와 딴판인 잔대,
잔대 닮은 쑥대는 꼰대, 꼰대 밑 광대나물 곁에 앉은뱅이
냉이, 앉은뱅이 곁에 더 앉은뱅이 봄까치꽃, 더 앉은뱅이
곁에 잔파 곁에 멀대 같은

대파 머릿속에 파도치는 푸른 물파
물의 파도?
아니, 물파!

물파스처럼 맵지 않고 곧다 물파는
절도 있다
바람이 분다 멀대가 흔들린다
수줍은 멀대에게

고향이 어디야
북청
북천(北天) 아니고?

화분에 넘치는 엉겅퀴, 화분에 넘치는 잔대, 화분에 넘
치는 뻐꾹나리, 화분에 넘치는 으아리

28

토분을 벗고 도자기분을 입어도 벗어지지 않는 촌티,

분에 넘치는 화분

미인과 콩

—

　신선 길잡이놀이를 아느냐? 콩이 묻더라. 어릴 적 해 보았습니다. 대답하는 이는 보이지 않더라. 대답이 끝나자 수십 개의 북이 주위를 둥글게 에워싸더라. 콩이 튀어 북을 치니 모습을 드러내더라. 한쪽 다리를 수직으로 뻗어 올려 외발로 섰더라. 콩이 북을 한 번 치면 미인도 한 번 치더라. 콩이 이 북을 치고 반동으로 저 북을 치고 저 북의 반동을 받아 그 북을 치더라. 미인은 귀를 기울여 콩이 안내하는 길을 귀로 읽더라. 장삼을 펼치듯 던져 이 북을 치고 솟구쳐 저 북을 치고 떨어지는가 싶더니 다시 솟구쳐 그 북을 치더라. 밤이 이슥토록 길잡이놀이는 끝이 없더라. 문밖 달빛이 푸르게 비쳐 들더라. 달빛에 비친 얼굴이 귀신같이 아름답더라. 콩은 정신이 혼몽하더라. 접시에서 꿈을 꾸는 콩알들이 한꺼번에 북을 향해 달려가더라. 수십 개 콩이 동시에 이북저북그북요북을 북북북 치고 접시로 돌아오더라. 미인이 날아오르며 아홉 척 장삼을 좌우로 촥 펼치더라. 뱀의 혓바닥처럼 두 갈래로 갈라져 날름거리더라. 북의 살가죽을 핥더라. 핥고 튕기더라. 북 가죽 심음 낭랑하더라. 미인의 몸은 허공에 멈춘 듯 발은 걷더라. 혀가 회오리치며 뻗어 가더라. 콩의 허리에 찬 칼을 감아 뽑아 휘두르더라. 콩은 앉았던 접시를 던져 날리더라. 미인

은 날아오는 접시를 칼로 받아치더라. 장님과 칼싸움이라 재미있겠는걸. 말처럼 그렇지가 않더라. 콩은

수국정원

어린 순은 잘라서 데쳐 먹을 수 있다는 것
서슬 푸르른 상상도 데쳐 먹는다는 것
그게 관건이고 피어난다는 것
피어나는 건 용기와 같다는 것 패배도 인정한다는 것
주먹보다 클 수도 작을 수도 있다는 것
색과 맛에도 성깔이 있다는 것
관점에 따라 결과는 비참하거나 참혹하거나
아름답다는 것
충분히 드러나고 충분히 비밀스럽다는 것
귀하거나 흔한 패턴은 농담처럼 친밀감을 준다는 것
행주를 치댈 때 손등에 이는 거품 같은
은이버섯과 대구 곤이와 뇌와
만신이 접은 종이꽃은 사촌지간이라는 것
닮았지만 기질이 같지는 않다는 것
일회용이라는 것 질문이 있다는 것
데쳐도 색과 숨이 안 죽는 브로콜리는
꽃입니까 거품입니까 폭소입니까
농담 같다는 것 주먹처럼 단단하지 않다는 것
창백하거나 색이 있거나 없거나
독이 있거나 없거나 맛이 없거나 있다는 것

맛이 있는 건 혀끝이 끌어당긴다는 것

은이버섯과 대구 곤이와 브로콜리와 뇌는 혀에 녹는다
는 것

혀에 추방당한 것들도 부지기수라는 것

아홉 개 손바닥으로 받쳐 든 푸른 접시 위

망상 같고 꿈같은 현현이라는 것

혀가 이끈 대로 여기까지 온 게 아니라는 것

귀신의 무게

들쭉날쭉 빛과 어둠이 맞물려 있다

그 경계에 낡은 의자 하나 놓여 있다

의자에 꽃 한 송이 앉아 있다

한때 유령이었던 그땐 있어도 없는 듯 자유로웠던

바싹 마른 흰 꽃송이

바람이 불 때마다 꽃의 무게만큼 흔들리는 의자

한쪽 발 기우뚱 어둠의 왼쪽 옆구리에 묻고 있다

한쪽 발은 빛의 오른쪽 옆구리에 묻고 안간힘이다

빛과 어둠 둘 다 거느린 의자

한 가슴이 지구의 기울기로 천천히 한 가슴에 닿는다

발도 없이 자리를 옮겨 다니는 꽃잎

빛과 어둠의 경계를 자유롭게 넘나드는 꽃잎

이 근처엔 의자가 없다 의자를 배 속에 품은 꽃밭 근처
에는

음지 양지 구분이 없다

백년골목

끓는 해변이 있다. 숯불처럼 거꾸로 타는 태양이 있다.
뜨거운 자갈돌이 있다. 지글지글 뱃살을 굽고 있다. 자갈
밑에 게거미가 있다. 지그시 누르는 오후 1시의 자갈돌이
있다. 꿈틀거림을 꾸욱 누르는 손바닥이 있다. 버티다 뚝
끊어지는 힘이 있다. 등줄기를 타고 오르는 쾌감이 있다.
담뱃불처럼 게거미를 비벼 끄는 손가락이 있다. 태양을 비
벼 끄는 검지가 있다.

3시에 선묘, 5시에 점묘, 7시에 뭉갠 감귤 덩어리가 있
다. 천천히 잃어 가는 시력이 있다. 반복 점멸하는 횟집
간판이 있다. 땀처럼 통유리창에 흐르는 빛 방울이 있다.
땀사우나 옥상에 침 흘리는 로고가 있다. 졸다 추락하는
침방울이 있다. 굳건한, 강건한, 완고한 교회 십자가가 있
다. 빛 없는 후광을 두르고 있다. 교회 뒷골목에 룸살롱
화염(火焰)이 있다. 누운 팔자로 꼬이는 네온사인이 있다.
나이 무한대, 성별 무한정, 밤 손님 환영, 목자를 위한 뒷
문이 있다.

백년골목이 있다. 국밥집 길바닥에 핏물 고인 붉은 다
라가 있다. 눈을 뜨고 무념무상에 잠긴 돼지머리가 있다.

콧김을 뿜으며 끓는 가마솥이 있다. 국물에서 자맥질하는 돼지머리가 있다. 흐물흐물 녹아내리는 머릿골이 있다. 뜬 기름 걷어 내는 쇠국자가 있다. 해골그릇의 국물을 해골로 떠옮기는 숟가락이 있다. 골목을 빠져나가는 한 쌍의 뒷모습이 있다.

밤마다 날밤인 스위트룸이 있다. 일곱 번 죽고 일곱 번 살아나는 여자가 있다. 살아날 때마다 잘근잘근 씹어 주는 돼지가 있다. 씹을수록 씹고 싶은 이빨이 있다. 마약처럼 끊을 수 없는 쾌락이 있다. 물결에 취해 흔들리는 배가 있다. 뜨거운 태양 아래 있다. 몽롱하게 누워 있는 돼지가 있다. 쓸개와 간이 탈 때까지 웃는 태양이 있다.

한입에 삼키는 땅이 있다. 흙의 시간이 느리게 흐르고 있다. 뼈까지 소화시키고 있다. 침묵으로 충혈된 플라스틱 버저가 있다. 멀고, 높고, 넓은 하늘 한가운데 있다. 버젓이 있다. 검지만 까딱하면 꺼질 태양이 있다. 태양을 비벼 끄는 검지가 있다.

우리가 돼지를 심고 있을 때

어디로 가는지 언제 끝날지 모르는 도로를 달린다

사라지면 나타나고 또 나타나는 레밍처럼
달리는 트럭에 실려
강철판을 찍어 누르며

저절로 밟히는 스텝
밟지 않을 수 없는 스텝

오늘은 우리가 사라지지만 내일은 당신들이 끝장날 거요

소리 소문 없이

깊게 판 구덩이에

당신들이 우리를 심고 있을 때

인스턴트 카르마, 순간의 카르마가 당신에게 올 거요
당신의 머리를 때리러 올 거요

●오늘은 우리가 사라지지만 내일은 당신들이 끝장날 거요: 안드레이 플라토노프.

●인스턴트 카르마, 순간의 카르마가 당신에게 올 거요 당신의 머리를 때리러 올 거요: 존 레논.

털

갈기산미치광이는 아니고 고슴도치는 더더욱 아니지 돼지털 아니면 쥐털 아니면

손톱으로 집을 수 없는 털도 털일까 눈두덩 위에 솜털 위벽에 융털 모두 털이지만 다 같은 털은 아니지

털인지 살갗인지 줏대가 솜털만도 못한 얼룩말의 정체, 검었다 희었다 일렁이는 저 종잡을 수 없는 물결무늬, 그 무늬를 나는 역동으로 해석한다

털에도 격이 있다 결이 있다 탄력이 있다 길이가 있다 길이가 있다는 깊이가 있다고 읽힐 수 있다 깊이가 있다 는 말은 내 귀에

기피한다, 라고 들린다 모든 질문과 의문을 회피하는 눈동자

푹 찌르는 손가락도 털이다 나는 털끝 하나 안 건드렸는 데 갈기산미치광이는 가시털로 나를 더듬는다 빳빳이 세 운 털끝에 독을 품고

제2부

히비스커스

붉다 붉은 것은 비리다 붉은 것들은 비리다 붉은 것들만
비리다 피가 붉은 것들은 다 비리다 나는 비리다

비린 것에 대한 열망

히비스커스히비스커스 빛을 향해 열리는 몸

비린 것은 이 문으로 나가시오 붉은 용을 타고 날아오르
시오

날개 달린 핏방울
금지된 술

나는 비린 게 입에 붙는다

●날개 달린 핏방울 금지된 술: D. H. 로렌스.

흰 것

흰 것에 대하여 울지 않고 말하기
그녀는 제목만 써 놓고

시시해, 시 같은 건,
쓰지 않는다 소설을 쓴다 우리
흰 것에 대하여

화구에서 막 꺼내
부서지기 직전
뜨거운

모든 흰 것에 대하여

쓰지 않을 때
시간이 멈춘다
계절이 사라진다
잇따라 얼어붙은 눈만 내린다

흰 손수건 위에 흰 발자국
흰 발자국 뒤에 흰 발자국

처음처럼 모든 끝처럼

흰 것은 끝까지 흴 것
죽어도 흴 것
검어도 흴 것

흰 것에 대하여
혀에 땀이 나도록 쓰고 또

쓸 것

비너스

'못생긴 거대 음경'이란 이름은 적당히 적절하다 하지
만, 난 거울을 깨고 나와 홑치마 벗어 던진 여자, 제초제
안 뿌려도 이틀을 못 가는 붕가 방카이

푸른 초원에 이빨 빠진 붉은 화병처럼 앉아 있다 거울
조각에 긁힌 상처에서 썩는 내가 진동한다 깨진 거울 앞
에 앉아 긁힌 살에 유인한 송장벌레를 짓이겨 바른다 끈
적끈적한 살에 달라붙는 화분(花粉), 가루의 부작용으로
수포가 돋는 얼굴, 앵무새 깃 장식 모자로 푹 눌러 감추고

늘어지게 자는 돼지 옆구릴
쿡, 쿡,

여보!
종족 보존 외에 쾌락을 즐기는 유일한 동물이 당신이
에요

반색은 물론 난색이 역력한 돼지의 표정, 홑치마 덮어
씌우고 금박 입힌 꼬리를 잡는다 우리 비 그친 거리로 나
가요 웅덩이에 비친 깨진 하늘을 밟으며 원 스텝 투 스텝

짐짓 발랄하게

　스텝에서 태어나는 리듬이 돼지와 나를 옭아맨다 우리
는 서로 밀고 당기는 몸짓으로 시취를 퍼뜨리며 리듬에 끌
려간다 송장파리 후광을 두르고

●종족 보존 외에 쾌락을 즐기는 유일한 동물이 당신이에요: 펠리시앙 롭
스.

벌칙입니까

걸어야 할까 뛰어야 할까

이건 벌칙일까 법칙일까

테이블 위에 놓인 아흔아홉 개 음료수 컵을 향해

플라스틱 컵에 담긴 갈색 음료수를 향해

저건 커피일까 까나리액젓일까

색깔로 보아 모두 커피로 보입니다만

그거 아십니까

까나리액젓은 벌칙이 아니고 법칙이라는 거

죽음의 법칙이고 우주의 질서라는 거

우주는 먹이사슬로 이어진 하나의 거대한 그물입니다

그러니까

까나리는 먹이사슬의 한 코입니다

까나리를 빼면 전갱이가 빠지고 전갱이가 빠지면, 빠지고,

다 빠지고 종래엔 아무도 남지 않습니다

그러니까

까나리액젓은 허울 벗은 본색입니다

죽음이 뼈와 살을

녹여 얻은 마법의 물방울입니다

순환하는 코스모스 익스프레스입니다

닫힘도 열림도 없이 달리는 무한궤도입니다
그런데 이거 아십니까?
우리가 걷고 뛰는 이 땅이 수십억 년 되었다는 거
수십억 년을 이어 달려 여기 있는
이 까나리액젓을!
아셨습니까
자 그럼 달립시다

무환자나무

비루먹은 개처럼 비실거린다 무환자나무 자주 혼절한다 무환자나무 어머니가 다섯 갈래 나뭇가지로 후려치신다 무환자나무 등짝이 벌겋다 무환자나무 손바닥 자국이 부적처럼 붙었다 무환자나무 혼절했다가 깨어나면 하나 더 붙어 있다 무환자나무 온몸에 부적을 바르고 잠이 든다 무환자나무 꿈속에서 무환자나무 숲을 혼자 걷고 있다 무환자나무 이름표를 달고 있다 무환자나무 내 이름이 적혀 있다 무환자나무 비루먹은 개처럼 몽둥이로 맞고 있다 무환자나무 맞을 때마다 떨어진다 무환자나무 알에서 부화한 벌레가 검은 돌처럼 바닥에 떨어져 있다 볶아 먹으면 만병통치다 무환자나무 종교를 약 먹듯 바꾼다 무환자나무 기독교에서 무환자교로 개종한다 무환자나무 꿈에서 빠져나온다 무환자나무 잠 밖으로 냅다 달린다 무환자나무 돌부리에 걸려 넘어진다 무환자나무 사지를 뻗고 바닥에 엎어져 있다 무환자나무 이마가 얼얼하다 무환자나무 눈두덩에 피멍이 시뻘겋다 무환자나무 멍 자국이 문어처럼 꿈틀거린다 무환자나무 어머니가 일으켜 세워 후려치신다 무환자나무 손바닥 자국을 부적처럼 달고 다닌다 무환자나무 마른 나뭇잎처럼 부적이 떨어진다 무환자나무 겨울 내내 혼절해 있다 무환자나무 비루먹은 개가 짖는다

무환자나무 나무둥치를 긁으며 짖는다 무환자나무 수피
가 찢어진다 무환자나무 찢어진 틈에서 멍이 푸른 심지처
럼 빠져나온다 무환자나무 심지가 길어 불꽃이 크면 기름
이 헤프다고 그럼 못 쓴다고 더디게 올라온다 무환자나무

오래된 우물

목이 말라 앵두나무는 우물을 들여다보고 있다

차오르는 물, 차오르는 우물의 숨

어린애가 무슨 한숨을 땅이 꺼지도록 쉬니!

아무리 쉬어도 땅은 꺼지지 않고 물은 차오르기를

멈추지 않는다 퍼내면 차오른다 가만히 두면

눈가가 그렁그렁

턱까지 찬 숨을 참느라 눈알이 툭툭 튀어나오는 앵두나무

머리가 무거워 목이 빠질 것 같아

물 밑에서 누가 잡아당기나 봐

넘치지 않는 물이 궁금해 우물 속으로 뛰어들 때

잠깐 흔들리다 이내 고요한 붉은 우물

내부로 드는 물길만 있고 외부로 나는 길이 없다

먼저 든 물이 들어오려는 물을 막아 누르느라

끊임없이 떨고 있는 물의 심장 속으로

쥐가 빠지고 개가 빠지고 봉제 인형이 빠지고…… 빠지고

빠지면 그 누구도 나오지 못하는

지금은 뚜껑 덮어 놓고 열지 않는 앵두의 우물

자리공

낫은 잔혹하고 줄기는 부드러워 뉴런의 어원이 밧줄이
라면 끊어지는 건 당연하고 이어 붙이는 것도 가능해

씨앗 속에 매듭지어 놓은 밧줄이 풀린다 자리공 줄기에
무성한 곁가지 무성의한 손바닥이 바람결 고른다

백여덟 개 핵 다발이 별의 개수만큼 내장된 자리공의 내
공, 씨앗은 핵폭발을 꿈꾼다

발아는 핵분열
발악은 핵폭발
싹은 연쇄반응

낫은 잔혹하고 줄기는 부드럽다

뉴런의 어원이 밧줄이라면 끊어지는 건 당연해 이어 붙
이는 것도 가능해 불가능하면 처음부터 다시 시작해 바
위 밑에서

기다려, 봄!

핵폭발

다음에, 봄!

석류처럼

공효진 웃음이 공효진 이름처럼 둥글다. 공효진 얼굴이 이름처럼 둥글다. 공효진은 생각도 꿈도 둥글다. 공효진의 사랑도 미움도 분노도 둥글다. 공효진을 떠올리는 내 생각 속 공효진은 모두 둥글다. 가볍고 둥근 공효진이 자꾸 떠오르며 머릿속이 부푼다.

공효진이 불덩이같이 붉은 옥춘을 녹여 먹는다. 공효진이란 공효진은 모두 달고 신 침을 흘린다. 내 입속에 달고 신물이 돈다. 짐승이란 짐승은 모두 피가 돈다. 식물이란 식물도 모두 피가 돈다. 나는 공효진의 꿈을 닮아 간다. 공효진과 나의 꿈은 석류처럼 둥글다.

방과 방 사이에 피막처럼 얇은 벽이 있다. 방방마다 공효진들이 앉아 있다. 공효진과 나는 공효진 사이에 끼어 앉는다. 아니, 저 공효진은 죽었는데 어떻게 여기 있지? 죽은 사람과 산 사람 구분이 없다. 죽은 사람이 공효진과 내 잔에 빛줄기처럼 술을 따른다. 우리는 빛이 출렁이는 잔을 들고 건배를 한다. 피 한 방울 섞이지 않았는데 우리는 피처럼 붉다. 우리 눈 속에 붉은빛이 출렁인다. 석류란 석류는 모두 피를 흘린다.

●석류란 석류는 모두 피를 흘린다: 『어떤 그림—존 버거와 이브 버거의 편지』.

접착테이프와 구운 감자

내 껍질은 종잇장처럼 얇고 투명하다

네 껍질도 투명하다
얇다 벗겨도
벗겨도 껍질이다

네 껍질은
네 살이고 네 피고 네 뼈다

살에서 태어난 나는 살에서 떨어져 뒤돌아보지 않는다

두리번거린다 너는 껍질에서 태어나
또 무엇의 껍질이 되려 한다

무엇이든 표적이다 어디에든 겉에 붙어야 껍질이다

입술에 붙는다
깨진 유리창에 붙는다
쓰레기 봉지 옆구리에
실밥 풀린 바지 밑단에 붙는다

종이 박스 쌓인 창고 구석에
입을 다물 줄 모르는
감자 박스

벌어진 것들이 널 기다린다

그가 다리 밑에서 보잔다

―

밑은 어느 밑이나 그늘지고 축축해

여기저기 뚫고 올라와 부푸는 것들
귀만 있고 코와 눈이 없거나 입뿐인
난 자리에서 홀연히 사라졌다
다음 해
사라진 자리에 나타나는 버섯류 반드시
여름을 가로지르는 다리 밑에 모여드는 사람들

이구동성
저 집 사람들은
한 지붕 밑에 살면서 한솥밥 먹지 않아
거짓말 같지만 신기하게도

영계백숙 뚝배기가 들어가면 나오지 않는 방으로 들어
간다
된장 뚝배기 들어가고 나올 것도 없는 툇마루 위에 놓
인다

― 　다리 밑에서 건너다본 언덕에

입은 물론 배꼽이 없는 것들
엎어진 뚝배기처럼 볼록 솟은 푸른 무덤들

바람 잘 통하고 볕 잘 드는 곳은 죄다 죽은 이들 차지다

어느 밑이나 가끔은 선선한 바람이 든다

기억의 오류

흘러내린다고 했지 내가
언제 녹아내린다 했니

느슨하게 여민 과일 봉지에 대해 말했지
안 챙겨 온 속옷에 대해 말했니

안 입었다고 했지
내가 입었던 팬티 뒤집어 입었다고 했니

뒤집을 능력이 있었다면 왜 나를 안 뒤집었겠니
양파나 까고 있겠니 지금

내가

깐다고 했니
머릿속을 뒤집어 보여 주고 싶다 했지

머릿속에 생각만 들어 있는 게 아니라
칼도 품고 있다고 했지

내가 까고 까도 껍데기뿐이라고 했니

얇은 껍데길 벗기면 뽀얀
알맹이를 꺼내면 알맹이가 나온다 했지
알맹이가 알맹이를 밀어 올린 푸른 싹이라 했지

언제 내가 칼을 뽑았다 그랬니

늦은 밤 골목길
낡은 바지 고장 난 지퍼를 비집고 나온
덜 익은 수사슴 뿔이라고 했지

배려

재산 다 털어먹고 빈 과자 봉지처럼 그를 버린 그녀가 있다

잠자리 날개 반 잘라 고양이에게 놀잇감으로 주는 내가 있다

사냥 놀이에 신이 나 희열에 달뜬 고양이가 있다

잠자리와 고양이를 지켜보며 엇갈리는 희비가 있다

선산 봉분과 봉분 사이에 쓰러져 일어나지 못하는 그도

도망가려고 필사적으로 남은 날개 털어 대는 잠자리도

두려워 심장이 터질 지경일 거다 아마 뇌가 새까맣게 탈 거다

그라목손 중독에 내장이 녹고 있는데 말짱한 그가 있다

너무 말짱해 죽음이 코앞에 다가왔음을 체감 못 하는 식구들이 있다

죽음은 지나치게 배려가 깊다

피를 빨기 전에 환부를 소독하고 마취제를 주입하는

모기처럼 그녀처럼 나처럼

에셔의 정치망

거두절미하고

누치나 버들치나 가물치나 한물에 노는 치들이야 그치와 그치 들이 꾸민 음모와 계략이 물고 빨고 뜯는 민물 세계

치아 강한 치가 살아남는 줄 알았지 하지만 떼로 몰려 치열을 고르는 것들

뭉친다 흩어진다 재빨리 뭉쳐 소용돌이친다 큰 치를 물어뜯는 치어들 얕은 강물에

치마 부풀려 치부 가리고 오줌을 눈다 벌건 대낮에 눈치 없이 검은 치마 속으로 몰려드는 치들

두 눈 빠끔 뜨고

걸려든다 거듭 말하지만 눈치라곤 없는 치들이

코스모스

　용천수라 했지 호스를 찢고 날아오르는 물화살이라 했지 강물처럼 태연하고 여유 만만한 걸음걸이가 아니라 달리는 말처럼 빠르고 힘차다 했지 걷잡을 수 없다 했지 심장이 하루에 10만 번 뛴다 했지 피를 뿜는 압력이 궁금해 늙은 말의 대동맥을 찢고 2.7미터의 유리관을 꽂았다 했지 피가 관을 치고 올라 1미터를 더 솟구친다 했지 심장에서 출발한 피가 몸을 한 바퀴 도는 데 50초 걸린다 했지 핏줄 길이가 4만 킬로미터라 했지 지구를 두 바퀴 돌고 반 바퀴 더 돈다 했지 우리 몸이 코스모스라고 했지 내가

긴 팔로 널 안을 수 있다면

어쩜 이 모양이니 너는
식은 별처럼 눈에 잘 뜨이지도 않니
이걸 팔이라고 우기니
어쩜 이럴 수 있니 네가 안아도 느낌이 없니
이것도 팔이라고 이게 안은 거라고
무슨 생각하니
생각을 이렇게 길게 하니
이렇게 망설이다가 제대로 안아 볼 수나 있겠니
나를 붙잡을 수 있겠어
정말 어쩜 이 모양이니
이렇게 흐느적거려서야 쓰겠니
이 팔로 뒤늦게
발목을 감고 늘어지니
어쩜 이렇게 신중하고 집요하니
정말 어쩜 이렇게 끝도 없이 늘어나니
네 팔은
어디서 이런 힘이 솟니
뼈도 피도 없는 게
이렇게 뜨겁고 강렬하니 어쩜
한 가닥 가느다란 이 팔로 나를 숨 막히게

옥죄니

한번 감은 팔 풀 줄을 모르니

어쩜 내가 말라죽을 때까지

눈 하나 깜빡 않니

어쩜 이 모양이니 너는

●긴 팔로 널 안을 수 있다면: 심선자.

회랑

지친 나비는
그대로 쉬게 두고
우리
조금 더 빨리 걸어요
저쪽 모퉁이를 돌면
다시 태어날 수
있어요
다시 죽을 수도
있어요
나비가
당신의 어깨에서 날아오르는
순간
우리는 지금의 우리를 잊어버리고
서로 마주 보고
댁은 누구신지?
어깨 위 나비 날개 비늘 쓸어 주며
모르는 당신과 함께 걷다
걷다 걷다가 보면
알게 돼요
몇 번이고

다시
모르게 돼요
우리
조금 더 속도를 내요

기준

당신은 누구입니까 나는 해 뜨기 전입니다 당신은 밤입니까 나는 해 떨어진 직후입니다 당신은 여명입니까 땅거미입니까 나는 오후 7시입니다 오전 7시의 그림자입니다 그렇다면 당신은 외발로 선 회색 왜가리입니까 나는 정좌한 자정입니다 자정과 정오의 자세는 동일합니까 나는 정면뿐인 바위입니다 당신의 정면은 무엇을 기준으로 정면입니까 나는 있다와 보이지 않는 모든 있다만큼 많은 있다가 기준입니다

원형

일자 모양에 개펄 같은 게 박혀 있죠 이게 항문입니다
십자 모양 이건 입이고요 같은 높이 같은 위치에 있어요

사이가 벌어졌어도 한통속이에요

바람이 어느 쪽으로 들어가도
부풀어요 가슴이

손잡지 않아도 말하지 않아도

통해요 그런 거예요 사랑은 그래요 손안에 쏙 들어와요
멍게는 사랑의 원형

원형은 폭탄이고요 터져요 받으면

펑!

위력만 한 구덩이가 남아요

제3부

갈치

거적과 삽을 들고 기다린다

인부들이

삽만 들고 산을 내려온다

돌아온 대청마루에

입구를 묶어 놓은 검은 비닐봉지가 있다

혼자 남을 노모 드시라고

죽은 그가 사다 놓은

갈치가 허옇게 소금 덮어쓴 갈치가

있다

낫처럼 휘어

녹

붉은 소나무 둥치를 안고 잠이 든다
줄기식물처럼 나무를 감아 오르고 있다
내 머리가 무른 열매처럼 달려 위태롭다
햇빛에 부신 눈을 찡그리고 나무 꼭대기를 보고 있다
아무리 보아도 허공에 나사 박는 나무의 의중을
알지 못한다
꿈은 나사못에 기생하는 붉은 녹이란 걸
꿈을 꾸는 동안 녹이 더 깊어 간다는 걸
알지 못한다
삼 년 동안 같은 꿈을 왜 밤마다 다르게 꾸는지
알지 못한다는 것을 알지 못한다
소나무가 뱀으로 변해 숲을 이룬 동산에서
붉은 뱀을 안고 잠자는 꿈을 꾸고 있는 나는 이제
나무를 버리고 얼음 조각에 엎드려 호수를 헤엄친다
몸에서 부스스 일어나는 녹 가루 물속에 떨어져
녹의 알을 깨고 태어나는 붉은 실뱀들
실뱀들이 우글거리는 얕은 호수
바닥에 박힌 저 소나무 둥치가 나라는 걸
나는 알지 못한다
저 표정이 살려 달라는 건지 죽여 달라는 건지

알지 못하고 병색이 진흙처럼 짙게 쌓여
빠지지 않는 녹슨 나사못이라는 걸 알지 못한다

빌려 입은 옷

입김을 불어 주면 시퍼렇게 균열이 생기는 호수

저 얼음은 깨지지 않아야 해요

이편 얼굴과 저편 얼굴이 만나 부비면

사라지는 얼굴

목이 없는 우리는 손을 맞잡고

손목이 사라져 후련한 계절

발자국이 발자국을 껴입고

이곳엔 내가 다녀간 발자국이 없다. 어느 캐비닛에 뒀더라, 평생 캐비닛 뒤지다 썩을 것이다.

씨만 남은 복숭아씨에서 씨 자를 떼어 읽는다. 속으로 읽었는데 앞서가는 자가 돌아본다. 귀면을 쓰고 장난치는 복숭아 씨(氏)다. 간담이 아이스바처럼 얼었다 녹는다. 복숭아 씨 또 뒤돌아본다. 매번 간담이 얼음이 되었다가 녹고 얼고 녹는다.

어디에 뒀었지, 좋은 기억은 발 없는 새와 같다. 무수한 발자국이 이마를 찢고 뇌에 찍힌다. 발가락에 맺힌 물집이 붉고 말랑한 건, 발자국에 맨발을 끼워 넣고 웃는다는 뜻이다. 넣었다 뺀 발자국이 잠깐 따뜻하다.

발자국이 발자국을 껴입고 껴입을 맨발을 기다린다.

징후

—

물컹한 이것은
가볍고 단단한 이것은
흩어졌다 모이면 개
지루해서 다시 흩어져도 개
뼈 없는 이것은
무게도 형태도 없는 이것은
툭하면 사자
심심하면 원숭이……
천의 얼굴을 가진
이것은
어미아비도 없는
이것은 이것만의 법칙을 따른다
한번 써먹은 이것은 두 번 사용하지 않는
물컹한 이것은
혹은 단단한 이것은
변덕스러운 이것일 뿐인데
끊임없이 움직여 끊임없이 이것인
이것은
끊임없이 이것이 아니다
젖은 빗자루 혹은

—

강 혹은 바다
혹은
물의 실뿌리
이것은
이것 저것 그것 요것

자유의 여신상

어망에서 나온 문어(文魚)는

갑판을 딛고

펄쩍

뛰어

솟구쳐

선다

뼈 없는 살을 세워

높이 들어 올린

죽음의

횃불

우물이 있는 집

좀해서 이가 안 나가는 마음이 있다 저만치 팽개쳐 두어도 찍소리 없다 무심한 척 지척에 있다 얄팍하지만 가볍고 깨지지 않는다 쓰임새 다양한 양철 세숫대야가 집집마다 한 개씩 있다 아내가 우물가에서 마당으로 내동댕이친다 남편이 받아 대문 밖으로 냅다 던진다 대문 밖에 나동그라진 대야를 지나가는 개나 소나 아무나 함부로 걷어찬다 차일 때마다 악을 쓰며 찌그러지는 마음이 있다 찌그러진 채 아무 일 없었다는 듯이 가만히 있다 깨끗한 물 가득 채우고 얼굴에 가시지 않은 울화 식혀 주고 있다 한 사나흘은 무심한 척 지척에 또 찌그러져 있다 어디 해 볼 테면 또 해 봐 악다구니 쓸 태세 갖추고 있다 나흘이 얼른 지나가길 기다리고 있다 걷어차이면 짜그그극 바닥을 긁으며 쌍욕을 퍼부을 대야가 있다 제풀에 지쳐 걷어차길 그만둘 때까지 찌그러지고 우그러질 뿐 이 한 개 안 나가는 대야가 있다 가볍고 얇아서 만만한 대야가 우물이 없는 집에도 하나씩 있다

우계(雨季)

죽은 나뭇가지와 생 나뭇가지를 바람 도깨비가 꺾어
던진다
연일 고온다습하다 하루 만에 다 자란 독버섯

독한 것들은
왜
화려할까

망초 덤불 밑에 들쥐가 창자를 게워 내고 있다 장례식장
엔 반드시 육개장과 오징어초무침이 나온다

내일 그리고 모레
쥐는 뼈도 안 남기고 땅이 다 먹는다

아귀처럼 땅을 집어삼키는 잡풀들 보잘것없는 것들은
어째서
악착같을까

참나리 핀 언덕 제초제 안개비 뿌옇다 새끼 낳다 놀란
고라니 꽁무니에 새끼를 달고 뛴다

눈

봄이 아닌데 봄, 봄, 봄, 버드나무 씨앗들이 갓털을 달고
주저 없이 허공에 발을 내딛는다

땅에 닿으려는 발버둥
닿지 않으려는 안간힘

허공에 쏠리는 몸이 뜨거워, 너무 뜨거워, 허공을 밟는
발바닥이 타,

일생일대
죽을 때가 제일 뜨거워

이것 봐, 땅에 닿은 몸이 반짝, 재도 안 남잖아

따라와! 주저 말고

칸나 프로필

시멘트벽에 슬쩍슬쩍 얼굴 문지르는 그림자가 있다

찢어진 칸나 꽃잎만큼 비쳐 드는 빛에 이끼 키우는 벽이
있다

벽 뒤에는 가만히 빈 소주병이 있다

그림자 구렁이 담을 넘는다 저 아래

먼 길로 통하는 좁고 투명한 입구가 있다

담을 넘은 그림자 의심 없이 입구로 들어간다

하굣길 소피 급한 아이가 안절부절 벽 뒤로 뛰어간다

그늘진 구석 병 속에 발광하다 그대로 멈춘 그림자가 있
다

그림자를 부어 마시고 그림자에 취한 그림자

비틀거리다 거친 벽에 얼굴을 갈아 섬뜩하게 벌어지는
입술이 있다

피지도 않은 칸나 꺾어 가슴에 대어 보고

귓등에 꽂아 보고 칸나가 되어 버린 아이가 있다

역할극

—

눈앞에 칼을 든 손이 날아다닌다

나는 눈 하나 깜박 않고 도마에 누워 있다

칼끝이 살갗을 뚫고 들어온다

살갗이 찢기며 쇠막대 긁히는 소리가 난다

날이 뼈에 닿아 서걱거릴 때마다 온 신경이 시큰거린다

가볍다 점 점 지워지고 있다 몸이

지워지는 만큼 머리가 맑아진다

반쪽이 지워지고 남은 반쪽이 지워지고 있다

칼이 등뼈 마디마디 짚어 사다리 탄다

갈비뼈 사이에 붙은 살이 마저 숟가락에 긁혀 나간다

머릿속이 얼음처럼 차고 맑다

대가리와 등뼈만 남은 나는 누운 사다리

저기로 건너갔다가 여기로 건너오는 건널목이다

건너갔다 건너올 땐

너와 나의 역할이 바뀌어 온다

달로 간 아이

오늘은 마스크를 벗고 어항을 쓰고 나간다

발가벗은 아이가 해변을 달린다
발가벗지 않은 아이가 발가벗은 아이를 뒤따라 달린다

발가벗은 아이가 유리 어항을 벗어 들고 달린다
발가벗지 않은 아이가 검은 어항을 들고 달린다

발가벗은 아이가 멈춰 선다 발가벗지 않은 아이가 멈춘다

발가벗은 아이가 허리 구부리고 다리를 구부린다
발가벗지 않은 아이가 허리와 다리를 꺾는다

발가벗은 아이가 어항을 모래밭에 놓는다
발가벗지 않은 아이가 검은 어항을 놓는다

발가벗은 아이가 어항에 들어간다
발가벗지 않은 아이가 검은 어항에 들어가 묻힌다

지나가던 발가벗은 아이가 어항을 들고 달린다
대우주 속에 소행성이 출렁거린다

木 氏

어둠을 빨아먹는다 조금씩 검어진다 검은 나무토막이
다 나무토막과 구별되지 않는 어둠이다 무수히 많은 토막
이다 살아 있는 토막이다 두려움을 모르는 토막이다 칼끝
을 정면으로 받는 토막이다 쇠보다 단단한 토막이다 강하
지만 쇠보다 잘 삭히는 토막이다 당신이 박은 못을 어떤
비밀처럼 죽어도 품고 있는 토막이다 이름대로 살지 않는
토막이다 감정은 있어도 감동이 없는 토막이다 나무 화석
처럼 단단한 토막이다 토막을 막 다루는 토막을 없는 토
막 취급하는 토막이다 죽음이 텅 빈 눈을 뜨고 아는 체하
는 토막이다 토막을 불 속에 던지는 토막이다 토막 속에
서 토막 같은 토막을 찾은 토막이다 마지막이자 처음으로
한 번 웃는 토막이다

●죽음이 텅 빈 눈을 뜨고 아는 체하는: 프리모 레비.

대련

선회한다 해를 삼킬 듯이 다가간다 해를 쥘 듯이 팔을 뻗는다 발끝을 기왓장에 고정시키고 돈다 멈춘다 앞으로 한 걸음 미끄러져 다가간다 뒤로 한 걸음 미끄러져 물러난다 눈빛을 받고 주고 피한다 빗본다 치고 들어간다 들어가는 손을 그가 타고 넘어 받는다 손과 손이 마주친다 겹친다

바람을 읽는다 고요하다 심장 소리만 들린다 치고 들어오는 소매 깃이 팟 짧고 경쾌하다 나는 하늘을 보고 떠 있다 그는 땅을 보고 떠 있다 코와 코가 맞닿을 듯 스친다 눈빛이 엮였다 풀린다 다시 엮인 채 선회한다 소리 없이 순식간에 착지한다

푸른 옷자락 밑으로 슬그머니 발이다 붉은 발끝이다 수놓은 버선등이다 버선은 부리 붉은 비둘기다 옆구리를 치고 들어오는 부리다 빛의 일격이다 뽑힌 깃털이다 날며 떨어지는 깃털이다 수평으로 누운 패자다 수직으로 선 승자다 깃털 위에 떨어지는 깃털이다

홈통

─

음, 음, 음,

음이라는
몸에 갇힌, 담긴, 숨은,

음들
가늘고 긴 다리 음음음음음음
채 펼치지 않은 날개 음음
밤하늘 같은 검은 눈
음음

식물 동물 광물 먼지의 먼지

가슴 음을 솜털 음이 덮고 있다
발톱 음이 배음을 찢고 있다
음이 음을 파먹는다

음이 가득 찬 몸 텅 비어 있다
텅 빈 몸 음이 꽉 차 있다

─

말들이 깨어난다 배다르고 종
다른 음의
딸꾹질

목구멍으로 넘치는

음, 음, 음,

바람행성

그 무엇도 아닌 것이다
그 무엇도 아닌데
그 무엇이 되어 가는 중이다

나는

이것, 저것, 그것이
느리게 되어 가고 있다

열망하는 쪽으로 풀어놓는다

그 무엇이 이동한다 무엇으로

오늘의 수피를 벗는 나무
오늘의 살비듬을 털어 내는 사람
오늘 하루치의 고양이를 가죽 밖으로 밀어내는 고양이

그 무엇이 무엇의 몸을 입었다가 입은 몸을 벗는다

또

그 무엇도 아닌 게 되어
바람의 골목에서

내려앉은 먼지 위에
내려앉아
쌓이는 먼지

다시
그 무엇이 되기 위해 악착같이

내일의 내일

내일은 흙비가 내릴 예정입니다 삼백만 년 동안 내릴 비가 사흘에 걸쳐 내릴 것입니다 예정은 어디까지나 예정입니다만 유례없는 폭우가 댓줄기처럼 쏟아질 예정입니다 밤부터 번개와 돌풍을 동반하고 전국에 곳곳에 퍼부을 예정입니다 어느새 사형 집행일이 내일로 다가온 것처럼 부들부들 떠는 사지를 끌고 집행장으로 갈 집행관처럼 올 것입니다 단두대에 오르기 직전 하얗게 세어 버렸다는 마리 앙투아네트 검은 머리카락 같은 비가 땅을 칠 것입니다 내일 내릴 비는 세상을 진흙으로 덮어 버릴 것입니다 누구의 책임도 아닌 것처럼 보입니다만 누구에게나 책임을 묻는 검은 비가 내릴 것입니다 사흘 뒤 내일의 내일은 영원히 오지 않을 예정입니다

화장실에서

요의가 화장실 문을 연다

화장실에 계신다 하느님께서

잠자리 모습으로 계신다

누린내도 비린내도 무게도 없이

떠 계신다 하느님답게

지난 늦가을부터 올 초가을까지 거미줄을 타고

투명한 두 날개 활짝 벌리고 계신다

내 지린내 달게 맡고 계신다

다시 그린 그림

덩치 큰 너도 눈곱만 한 나도, 한 개의 목숨, 한 번의 생,

얼룩진다 생이 번진다 조용히 번진다 지칠 줄 모르고 번진다 이끼가 번진다 이끼개미귀신이다

집게 턱을 벌리고 있다 몇 날 며칠 버티고 있다 집게 턱이 쓸모없을 날 손꼽고 있다

1밀리리터 벌레 체액 한 모금으로 충분한 식사

집게 턱을 닫는다 열린 구멍을 모두 닫는다

똥구멍만 열어 둔다

곡기를 끊고 고독한 보름

체액을 뽑아 흰 달을 짠다

달에 다녀온 나는 나를 깡그리 지우고 다시 그린 그림

두 번째 생을 얇고 가벼운 생을 조심조심 펼친다 마음껏
펼친다 더 이상 바랄 게 없을 때까지 펼친다

이끼 덮인 사자 석상 머리에 앉아 날개를 말리고 있다
애알락명주잠자리가

불온한 주체, 그 삐딱한 내일에의 상상

이병국(시인·문학평론가)

1.

박영기 시인의 시집 『흰 것』은 분출과 침잠이라는 상반된 축을 두고 회전하는 이중나선이 서로의 간극을 포용한채 교차하는 역설적 언어의 역동성으로 충만하다. 시인은 외부의 자극에 의해 더는 이어질 수 없을 것 같은 순간에도 마치 낫에 의해 베인 자리공이 씨앗의 핵분열과 핵폭발 그리고 그것의 연쇄반응을 통해 다시 싹을 틔우고 영역을 넓혀 봄을 채우는 것처럼(「자리공」) 자신의 언어가 지닌 궤도를 포기하지 않고 나아감으로써 의미의 확장을 이룬다. 그럼으로써 시인은 이질적인 것이 품고 있는 어떤 불온성을 시적 언어로 치환하여 우리가 일상적으로 경험하여 간과하고 있던 세계의 양태를 놀라운 이미지로 펼쳐 낸다.

알다시피 문학적 표현은 실재를 재현하는 것이 아니라 그것이 전개하는 현재진행형의 사건과 그 사건의 잠재태가 현현하는 체계와 질서에 대립하는 자신을 변용하여 우회적으로 지시하는 데 중점을 둔다. 박영기 시인이 표현하는 시적 사건의 양상도 이와 다르지 않다. 현실을 그저 탐닉하고 재현하는 데 그치지 않고 그것을 영위하는 주체의 위태로운 양태가 분출과 침잠이라는 상반된 정동으로 말미암아 야기하는 불안하고 불온한 잠재적 실재를 앓는 방식, 그럼으로써 그 너머를 향해, "허공에 나사 박는 나무의 의중"을 향해 나아가는(「녹」) 시인의 희구를 우리는 이번 시집에서 마주하게 된다. 허나 이를 확정적 언어로 발화할 수는 없을 것이다. 다만 "끊임없이 움직여 끊임없이 이것인/이것은/끊임없이 이것이 아니"라는 것, 그리하여 "젖은 빗자루 혹은/강 혹은 바다/혹은/물의 실뿌리"로 변주되어 "이것 저것 그것 요것"으로 호명될 수 있는 확장 가능성과 반대로 그 무엇으로도 명명할 수 없는 재귀적 불온성을 모두 포함한 언어적 징후로 기록될 따름이다(「징후」). 그런 점에서 박영기 시인의 시에는 이 같은 언어의 자유와 허무가 흥미롭게 겹쳐 있다고 할 수 있을 것이다. 자유와 허무, 이는 분출과 침잠이라는 축을 언어적 층위로 교차시키는 시인의 수행과 이를 통해 세계와 주체의 관계를 드러내는 시적 징후라 할 만하다.

생두부에 꽂힌 젓가락이 삐딱하다
자꾸 삐딱하다
몸 둘 바 모르며 삐딱하다

삐딱한 젓가락을 똑바로 꽂는다

삐딱하다 다시, 다시,

생두부는

모든 것을 삐딱하게 받아들인다

젓가락이 생두부를 간신히 들어 올린다

생두부와 젓가락이 삐딱하다

귓속의 작은 지구가 삐딱하다

머리 위에서는 하늘이

발아래에서는 땅이

생두부를 사이에 두고

놀이공원 회전컵이 삐딱하게 돈다

나무가 건물이 시계탑

시계가 모든 시간이 삐딱하다

하루가 삐딱하다

밤이 삐딱하게 깊어 간다

가로등이 삐딱하게 서서 삐딱하게 내려다본다

생두부와 지팡이가 삐딱하게 서서

삐딱하게 내려다보는 가로등을 삐딱하게 올려다본다

생두부 입술이 삐딱하다 자꾸

삐딱하다 짝다리 짚고 선 대문같이

자세가 삐딱해서

하는 생각이 먹는 마음이 뱉는 말이

삐딱하다

삐딱한 오늘보다 더 삐딱한 내일이

삐딱하게 다가온다

—「삐딱하다」 전문

 "생두부에 꽂힌 젓가락"은 "자꾸 삐딱"하게 몸이 기운다. 아무리 똑바로 꽂으려 해도 삐딱할 따름이다. 이는 젓가락의 잘못일까, 아니면 생두부의 잘못일까. 오히려 질문이 잘못되었다고 할 수 있겠다. 젓가락은 생두부를 집어 드는 존재다. 생두부의 실존은 젓가락에 있지 않다. 그것은 그 자체로 독립적이며 절대적이다. 그렇기 때문에 생두부는 젓가락에 저항한다. 저항의 방식은 스스로를 위태로움에 노출하는 것이며 위태로움을 집는 젓가락을 삐딱하게 만드는 것이다. 삐딱함이라는 불온성은 젓가락을 타고 바깥으로 확장된다. "귓속의 작은 지구"가, "머리 위에서는 하늘이/ 발아래에서는 땅"이, "놀이공원 회전컵"이, "나무가 건물이 시계탑/시계가 모든 시간"이, "하루"가, "가로등"이 삐딱해진다. 공간과 시간이 구별되지 않고 모두 삐딱함이라는 불온성 속에 놓인다. 생두부의 살아 있음(生)은 그 모든 층위를 삐딱한 무엇으로 전유하는 능동성을 통해 정립된다.

 슬라보예 지젝은 자신의 저서 『삐딱하게 보기』에서 삐딱하게 볼 때에만 왜상적 실재를 마주할 수 있다고 하였다. 세계는 우리에게 분명하게 인식되지 않는다. 그것은 회색빛 무정형의 안개처럼 서서히 흐르며 감각된다. 이는 우리가 경험하는 것들이 안팎이 구별되는 경계로 나뉘어 있다는 것을 의미한다. 세계는 우리로 하여금 실재를 지각하지 못하게 가로막으며 언제나 왜곡된 방식으로 받아들이도록 강제한다. 그럼으로써 우리는 외부의 현실을 유리창과 같은 투명한 막을 통해 받아들이며 마치 또 하나의 다른 현실이자 근본적으로 비실재적인 것으로 수용하게 된다. 그러나 세계를 비딱하게 보면 그 형태가 뚜렷하게 구별되는 것과 같은, 마치 왜곡된 주관적인 시점으로만 볼 수 있는 똑바른 시선을 경험하게 된다. 지젝은 여기서 우리가 발견하는 것을 두 개의 실체라 말한다. 하나는 은유의 차원에서 그림자만을 보는 것처럼 왜곡된 실체적 현실로서 나타나는 상식적인 현실을 '실제 그대로' 보는 것이다. 이때의 '실제 그대로'라는 말은 세계가 강제하는 투명한 유리창 안에 갇혀 왜곡된 현실을 무관심하게 또는 객관적이라는 기만을 수용한 채 인식하는 것에 불과하다. 그에 반해 삐딱하게 보는 것은 우리의 욕망과 불안으로 혼란스러워진 응시로서 우리에게 왜곡되고 흐려진 이미지를 제공한다. 그러나 욕망이 지탱시키고 침투하는 왜곡된 응시는 객관적인 시선을 위해서는 존재하지 않는 대상을 인지할 수 있으며 아무런 잘못도 없다고 상상되는 세계의 오점을 분명하게 감각하게 한다.

　박영기 시인의 시적 주체는 세계를 실제 그대로 바라보지 않는 불안한 주체이다. 그렇기 때문에 세계가 강제하는 오점을 수용하지 않으며 "읽을 수 없다"고 반복해서 부정한다. 실재를 읽기 위해서는 "미끄러져야" 한다는 것을 시인은 안다.(「미끄러지는 오리」) 미끄러지기 위해 시인은 "자꾸 삐딱"하려 드는 것이다. 삐딱함은 징후적이다. 삐딱함은 세계가 부여한 정상성의 범위를 의심한다. 옳다고 규정된 정상성을 의심하고 무엇이 옳은 것인지 질문한다. 강제된 제도에 복무하며 태연한 척 기만하기보다는 "하는 생각이 먹는 마음이 뱉는 말"이 삐딱한, 세계와 불화하는 주체이자 불온한 주체가 된다. 그리하여 박영기 시인은 불온한 주체가 지닌 불화의 감각으로 "삐딱한 오늘보다 더 삐딱한 내일"을 향해 윤리적 모험을 감행한다. 이러한 박영기 시인의 "혀끝에 뼈가 있다. 뭔가 더 있을 것 같다."(「두통의 원인」) 그러니 그 심층으로 더 들어가야만 할 것이다.

2.

불온한 주체는 확고부동하고 자명한 존재로 스스로를 여기지 않는다. 세계의 부조리를 감각하고 그 안에 배태된 균열과 무의식을 사유하며 자신의 타자성을 인정한다. "피어나는 건 용기와 같다는 것 패배도 인정한다는 것"과 "관점에 따라 결과는 비참하거나 참혹하거나/아름답다는 것"을 수용한다(「수국정원」). 차이와 불화의 감각은 삶의 조건을 살기 위한 조건으로 전유하며 개별적 존재의 다양성을 소비하지 않도록 이끈다. 시인은 이러한 태도로 시 「털」에서 갈기산미치광이의 털과 얼룩말의 털이 지닌 무늬를 "역동으로 해석"하며 격과 결, 탄력과 길이로부터 깊이를 읽는다. 물론 깊이가 기피로 들리기도 하지만, 자신을 보호하는 털의 깊이가 "모든 질문과 의문을 회피"하는 수동성에 머무르지 않고 "털끝에 독을 품고" 나아가는 능동성에 닿아 있음을 고통스럽게 드러낸다. 이때의 능동성은 역설적이게도 밖으로 분출하는 털이 자신을 보호하는 것에 머물지 않고 자신을 향해 침잠함으로써 스스로를 지켜 내는 양태로 작용한다는 것을 짐작하게 한다. 기피와 회피의 부정성을 삶의 조건으로 합리화하는 기만적인 방식으로 오독할 수도 있으나 이는 자신의 깊이를 반성적으로 되돌아보며 살기 위한 조건을 사유하는 데로 이어지는 것이라고 읽어 낼 계기를 제공한다. 어쩌면 기능적이고 정합적인 시적 사유에 복무하는 것일 수도 있겠으나 "빛과 어둠이 맞물려"(「귀신의 무게」) 있는 현실에서 충돌하는 감각을 둘 다 거느린 주체의 삶, 그 무게를 충실히 감당하고 있는 것인지도 모르겠다. 이는 죽음을 생의 순간으로 가져와 둘의 구분을 무화시키는 태도와 유사하다.

> 백년골목이 있다. 국밥집 길바닥에 핏물 고인 붉은 다라가 있다. 눈을 뜨고 무념무상에 잠긴 돼지머리가 있다. 콧김을 뿜으며 끓는 가마솥이 있다. 국물에서 자맥질하는 돼지머리가 있다. 흐물흐물 녹아내리는 머릿골이 있다. 뜬 기름 걷어 내는 쇠국자가 있다. 해골그릇의 국물을 해골로 떠옮기는 숟가락이 있다. 골목을 빠져나가는 한 쌍의 뒷모습이 있다.
>
> ─「백년골목」 부분

치마 속에서 은빛 칼을 꺼냈다가 넣었다가 다시 꺼내는

살벌하게 낡아 가는 바닷가에서

자전거가 낡고 신발이 낡고 낡은 생각들이 부스러져

쌓인 모래에 푹푹 빠진 발을 털고 돌아보면

보이지, 모래에 뚫린 구멍들이, 구멍 아래 출렁이는 빛이

—「두 개의 휠」 부분

  인용한 「백년골목」에서 삶과 죽음은 나란히 놓여 있으며 서로가 서로에게 개입한다. 백년골목 국밥집의 돼지머리조차 "흐물흐물 녹아내리는 머릿골"의 양태로 "숟가락"을 경유해 "골목을 빠져나가는 한 쌍"의 삶에 영향을 미친다. 죽음은 삶과 대립되는 개념이 아니다. "해골그릇의 국물"은 또 다른 "해골"의 삶을 가능케 한다. 이는 "완고한 교회 십자가"가 지닌 위엄이나 "밤마다 날밤인 스위트룸"의 쾌락과 차이를 둘 수 없다. 그것은 서로 맞물려 존재의 현존을 증거할 따름이다. 중요한 것은 박영기 시인이 이 시에서 반복해서 사용하는 서술어 '있다'에 있다. 하이데거를 전유해 말하자면 '있다'는 존재한다는 의미이다. 그것은 순전히 눈앞에 놓여 있다는 사실의 층위를 넘어 일종의 사건으로 단순한 의미 뒤편에서 맺는 관계의 층위를 톺아보게 한다. 현존재로서의 인간은 피투된 존재이지만 자신의 존재를 이해하고 선택할 수 있는 자유가 있으면서도 언제나 죽음에 직면한 채 자신의 죽음을 인식함으로써 기투해야만 한다. 그런 점에서 죽음은 인간 삶의 중심이다. 죽음을 인식함으로

써 인간은 삶을 충실하게 살아갈 수 있게 된다. '있다'는 기실 주어진 것이며 경험적 통찰을 통해 사유하여 구성해 내는 노정 그 자체인지도 모르겠다. 그러나 '있다'는 존재의 자명함을 드러내는 한편에서 노정의 지속이라는 불확정성을 내포하고 있기에 불안을 야기한다. 피투와 기투 사이, 삶과 죽음 사이, 맞물린 것들이 무화되는 불안 속에서 인간은 확정할 수 없는 삶의 양태를 채우기 위해 실천적 층위를 받아들여야만 한다.

그런 이유로 "은빛 칼을 꺼냈다가 넣었다가 다시 꺼내는" 강렬한 수행과 "낡은 생각들이 부스러져/쌓인 모래"를 털고 돌아보는 반성적 전회가 요구되는 것인지 모른다. 삶과 죽음이라는 "두 개의 휠"을 존재의 근거로 삼아 "다른 길"을 모색하는 삐딱함이야말로 취약한 우리가 기투해야 할 궁극적인 지향이라 할 수 있겠다(「두 개의 휠」). 그리고 이때, 우리는 비로소 단순히 눈앞에 놓여 있는 존재에 머무르는 것이 아니라 주어진 것을 현존의 조건으로 사유하게 되고 그리하여 "모래에 뚫린 구멍들"과 "구멍 아래 출렁이는 빛"을 더듬어 캄캄한 길을 밝혀 나아갈 수 있는 것인지 모를 일이다. 박영기 시인이 "나는 있다와 보이지 않는 모든 있다만큼 많은 있다가 기준"이라고 말한 것(「기준」) 역시 특정한 '있다'에 제한되지 않는 존재를 "보이지 않는 모든 있다"를 포용한 불온한 주체로 재정립하기 위한 다짐이자 적극적 행위라 할 수 있을 것이다.

3.

박영기 시인이 수행하는 시적 행위에는 오래된 우물의 웅숭깊은 비릿함이 스며 있다. "그늘지고 축축"한 밑을 내려다보며(「그가 다리 밑에서 보잔다」) "내부로 드는 물길만 있고 외부로 나는 길이 없"음을 슬프게 깨닫는 시인은 "차오르는 물, 차오르는 우물의 숨"을 감각하곤 사정없이 "끊임없이 떨고 있는 물의 심장 속으로" 뛰어들 것만 같다(「오래된 우물」). 그러나 이 침잠의 욕망이 파괴적으로 보이지 않는 것은 내부를 살펴 깊은 곳에서부터 비롯된 빛의 가능성을 길어 올리는 시적 의지로 분출되기 때문이다. 시인은 "짐승이란 짐승은 모두 피가 돈다. 식물이란 식물도 모두 피가 돈다."는 사실을 직시하고 그 강렬한 생명력으로부터 석류처럼 붉고 둥근 꿈을 발견하고 그것이 "우리 눈 속에 붉은빛"으로 "출렁"인다는 것을 분명히 밝힌다(「석류처럼」).

붉다 붉은 것은 비리다 붉은 것들은 비리다 붉은 것들만 비리다 피가 붉은 것들은 다 비리다 나는 비리다

비린 것에 대한 열망

히비스커스히비스커스 빛을 향해 열리는 몸

비린 것은 이 문으로 나가시오 붉은 용을 타고 날아오르시오

날개 달린 핏방울

금지된 술

나는 비린 게 입에 붙는다

—「히비스커스」 전문

"빛을 향해 열리는 몸"에 대한 열망, 그것은 "비린 것에 대한 열망"이자 "피가 붉은 것들"이 지닌 강렬함으로 날아오르기를 바라는 데로 이어진다. 시적 주체는 명백하게 이를 드러내며 언어와 이미지를 쌓아 간다. 반복되는 "비리다"는 코끝을 자극하는 불온함으로 밖으로 분출되며 긴장을 야기한다. 붉고 비린 것이 퍼져 외부를 잠식하는 것은 불가피한 사건처럼 보인다. 기실 외부에 무엇이 있는지 알 수 없다는 불안이 배면에 깔려 있지만, 그것이 존재를 상실케 하지는 않으리라는 뻐딱한 저항성이 조금 더 강렬하여 사건을 만들어 내는 것이다. 불온을 은밀히 상상하며 금지된 것을 소망하고 실행하는 비린 존재로 자신을 재정립하는 일이야말로 이 시가 히비스커스에 투사한 현존의 내용이다.

물론 이러한 불온의 상상력은 「녹」에서처럼 "허공에 나사 박는 나무의 의중"을 알지 못하는 "바닥에 박힌" 존재의 불능을 전면화하기도 한다. 자신이 점유한 곳에서 한 걸음도 나가지 못하는 이를 해체해야만 하는 고통을 조용히 부려 놓아야 하는 상황에서 시적 주체는 "소나무가 뱀으로 변해 숲을 이룬 동산에서/붉은 뱀을 안고 잠자는 꿈"을 꾼다. 그러나 "꿈은 나사못에 기생하는 붉은 녹이란 걸/꿈을 꾸는 동안 녹이 더 깊어 간다는 걸" 주체는 "알지 못한다". 나아가 "알지 못한다는 것을 알지 못"하기까지 한다. 이 이중부정의 언술은 "빠지지 않는 녹슨 나사못"의 침잠과 "녹의 알을 깨고 태어나는 붉은 실뱀들"의 분출을 반복 수행함으로써 끝날 줄 모르는 어떤 반복을 불온의 욕망 속에 조용히 부려 놓으며 그것이 야기하는 고통을 고집스럽게 드러내는 역할을 한다. 여기에는 일말의 감정적 동요가 없다. 어설픈 공감으로 "입김을 불어 주면 시퍼렇게 균열이 생"긴다는 것을 알기 때문이다(「빌려 입은 옷」).

> 그 무엇도 아닌 것이다
> 그 무엇도 아닌데
> 그 무엇이 되어 가는 중이다
>
> 나는
>
> 이것, 저것, 그것이
> 느리게 되어 가고 있다
>
> 열망하는 쪽으로 풀어놓는다

그 무엇이 이동한다 무엇으로

오늘의 수피를 벗는 나무
오늘의 살비듬을 털어 내는 사람
오늘 하루치의 고양이를 가죽 밖으로 밀어내는 고양이

그 무엇이 무엇의 몸을 입었다가 입은 몸을 벗는다

또
그 무엇도 아닌 게 되어
바람의 골목에서

내려앉은 먼지 위에
내려앉아
쌓이는 먼지

다시
그 무엇이 되기 위해 악착같이

—「바람행성」 전문

　무엇이 된다는 것은 단순히 이쪽에서 저쪽으로 이행하
는 것을 의미하지 않는다. 그것은 두 지점 사이에서 유동적
으로 발생하는 만남이나 접속, 결합이나 해체와 관계된다.
들뢰즈의 표현을 빌리자면 '-되기(becoming)'는 대상과의

관계에서 달라지고 변화되는 의미를 드러내며 보이는 것의 단순한 재현이 아닌, 대상들 간의 변화된 유동적인 힘과 에너지를 포착하는 것이다. 박영기 시인이 "그 무엇도 아닌 것"에서 "그 무엇이 되어 가는 중"임을 의식하는 것 역시 "무엇"이 표상하는 구체적 형상이라기보다는 세계의 강제로부터 타자로 밀려난 존재의 장소 없음과 그것을 돌파해 나가는 변화의 양상을 언어적 긴장의 형태로 풀어내고자 함에 가깝다. 불온한 주체는 세계가 강제한 '무엇'의 '녹'으로 존재하며 사회화된 생산성과의 연동에서 벗어나 '기관 없는 신체(bodies with organs)'로서 "이것, 저것, 그것"이 되어 세계의 조직된 효율성을 붕괴시킨다. 이는 붉고 강렬한 생의 저항성을 끌어안은 채 비린 것에의 열망과 결합하여 "그 무엇이 무엇의 몸을 입었다가 입은 몸을 벗"어 내는 수행으로 이어진다. 규정된 무엇으로부터 다른 무엇으로의 전회, 그리고 그것조차 다시 벗고 "그 무엇도 아닌" 상태로 자신을 자리매김한다.

그저 '-되기'에 그치지 않고 '-되기'를 통해 수행된 것조차 벗어 버리는 행위는 "종잇장처럼 얇고 투명"한 존재로, "또 무엇의 껍질이 되려" 하는 수동적 존재로 주체를 내버려 두지 않겠다는 강한 의지로 보인다(「접착테이프와 구운 감자」). "수피를 벗"고 "살비듬을 털어 내"며 "오늘 하루치의 고양이를 가죽 밖으로 밀어내"어 고착된 자리에 머무르지 않기를 경계하는 것, 이것은 어쩌면 자동화된 동일시에 불과할 수 있는 '-되기'의 일차원적 왜곡을 거부하고 "그 무엇도 아닌 게 되어/바람의 골목에서" 절망의 피폐를 감각하더라도 "내려앉은 먼지 위에/내려앉아/쌓이는 먼지"로 스스로를 풀어 둠으로써 유동하는 "그 무엇"의 가능성을 전면화하는 일인지도 모른다. 물론 "저쪽 모퉁이를 돌면/다시 태어날 수도"도, "다시 죽을 수도" 있겠지만 "걷다 걷다가 보면" 알 수 있는 것이라 그 모든 가능성이 부정될 모순이 아니기에 "조금 더 속도를 내"어 보자고 제안할 수도 있겠다 (「회랑」).

　　4.
　박영기 시인이 구축하고 있는 시적 주체는 그 무엇도 될 수 있다고 자만하는 나르시시즘적 자아가 아니다. 오히려 "가볍고 얇아서 만만"하게 여겨져 "차일 때마다 악을 쓰며 찌그러지는 마음"에 가깝다(「우물이 있는 집」). 그저 걷어차이고 찌그러져도 이가 나가지 않길 바라며 단단한 의지로 스스로를 다독이는 주체, 그 고투의 끝에서 "화석처럼 단단한 토막"이자 "마지막이자 처음으로 한 번 웃는 토막"으로 폭력적 실재를 초극하려는 능동적 주체라 할 수 있다(「木 氏」). "뼈 없는 살을 세워//높이 들어 올린//죽음의//횃불"을 찬란하게 펼치려는 악착과(「자유의 여신상」) "땅에 닿으려는 발버둥"과 "닿지 않으려는 안간힘"으로 봄을 이끄는 존재가(「눈」) 시인이 이번 시집을 통해 우리에게 형상화한 시적 주체이다. 죽음의 순간에도 "눈 하나 깜박 않고 도마에 누워" "얼음처럼 차고 맑"은 시계(視界)를 잃지 않는 주체(「역할극」), 그럼으로써 세계로부터 지워지는 고통을 다시 삶의 의지로 전유하고자 하는 주체. 그리하여 주체는 이전과 다른 가능성 속에서 "두 번째 생을 얇고 가벼운 생을 조심조심 펼친다 마음껏 펼친다 더 이상 바랄 게 없을 때까지 펼친다"(「다시 그린 그림」). 새로운 날개를 펼쳐 "다시 그린 그림"은 강렬한 붉음으로 충만할 수도 있겠지만 어쩌면 아직 쓰이지 않은 "흰 것"으로 충분할지도 모르겠다.

흰 것에 대하여 울지 않고 말하기
그녀는 제목만 써 놓고

시시해, 시 같은 건,
쓰지 않는다 소설을 쓴다 우리
흰 것에 대하여

화구에서 막 꺼내
부서지기 직전
뜨거운

모든 흰 것에 대하여

쓰지 않을 때
시간이 멈춘다
계절이 사라진다

잇따라 얼어붙은 눈만 내린다

흰 손수건 위에 흰 발자국
흰 발자국 뒤에 흰 발자국

처음처럼 모든 끝처럼

흰 것은 끝까지 흴 것
죽어도 흴 것
검어도 흴 것

흰 것에 대하여
혀에 땀이 나도록 쓰고 또

쓸 것

―「흰 것」 전문

백지의 공포는 글을 쓰는 사람이라면 누구나 경험하는 바이다. 하지만 그것은 시인에게 궁극적으로 마주해야 할 것이며 그 자체로 시인의 자의식이 된다. "흰 것에 대하여 울지 않고 말하기"는 어려운 일이지만 그렇다고 그것을 괴로움의 포즈로 남겨 둘 수도 없는 노릇이다. "시시해, 시 같은 건"이라고 회피하더라도 쓰지 않을 수 없는 일. 시인에게 시는 벌칙이거나 법칙일 수도 있고 "닫힘도 열림도 없이 달리는 무한궤도"일 수도 있다(「벌칙입니까」). 앞에서도 언급했듯, 시인은 현실을 그저 탐닉하고 재현하는 데 머무를 수 없다. 그것은 "흰 것"에 대해 쓰지 않는 것과 다름없다. "잇따라 얼어붙은 눈" 위를 걸어가야만 하는 시인은 위태로운 존재로 불안한 자신의 내면을 돌보는 한편 저 냉혹한 세계의 법칙을 벌칙인 양 수용하면서도 그로 인해 비롯된 어떤 균열의 양태를 불온의 정동으로 밝혀 써야 하는 것이다. "흰 발자국 뒤에 흰 발자국"으로 길을 내며 확정적인 언어를 발화할 수 없을지라도 "처음처럼 모든 끝처럼", 아니 처음과 끝이 "두 개의 휠"로 맞물려 돌아가듯이 "흰 것에 대하여" 아직 아무것도 적어 나가지 않은 것처럼 "쓰고/또" 써야 하는 것이다.

어쩌면 불온한 주체는 불온하기에 끊임없이 미지의 "흰 것"을 기치로 들고 고통스러운 세계를 돌파해 나가야 하는 존재인지도 모른다. 열린 감각으로 모든 고통을 품어 안은 채 어떻게든 살아남기 위해 하루하루를 살아 내야 하는 존재는 쉽게 삶을 긍정할 수 없다. 시인이 자칫 쉬운 화해로 삶을 긍정한다면 그것은 "흰 것"을 검게 칠하며 아무것도 보지 않으려는 경직과 캄캄한 절망으로 자신을 기만하는 것에 불과할 것이다. 그러나 박영기 시인의 저 삐딱한 시적 주체는 자신의 불온성을 통해 제 나름의 방식으로 왜곡된 세계의 모습을 밝히며 앞서간다. 도저히 알 수 없는 실재와 대면하기 위해 필요한 것은 실제 세계의 부정을 존재의 내면으로 침잠시켜 깊이 사유하고 이를 다시 "소리 없는 방울 소리"로 분출하여 "고요 너머 너머에까지 울려 퍼"지도록 하는 시인의 시적 수행일 것이다(「실화상봉수(實花相逢樹)」). 박영기 시인의 이번 시집은 그러한 시적 수행의 결과물이자 불온한 주체가 쓰고 상상하는 '삐딱한 오늘보다 더 삐딱한 내일'의 가능성으로 이어져 새로운 길을 우리 앞에 펼쳐 내고 있다.